KB035836

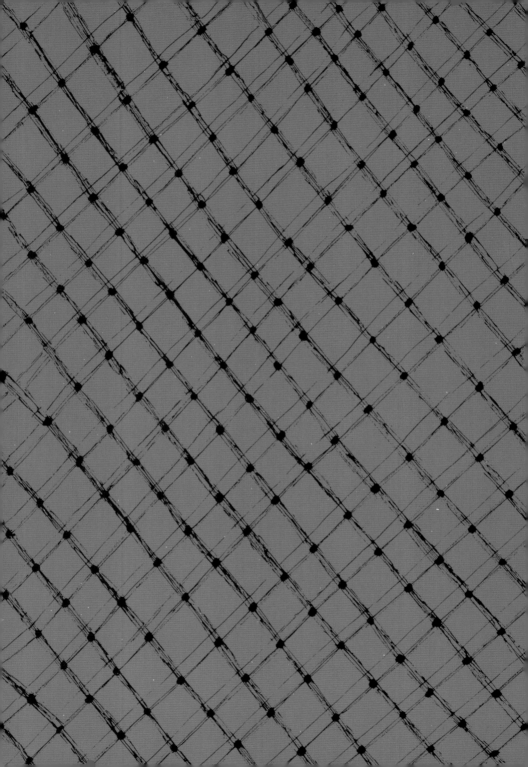

안경 끼고 랄랄라

SEOUL, 2002

안경 끼고 랄랄라

초판 제1쇄 발행일 2002년 6월 10일
초판 제66쇄 발행일 2022년 3월 20일
글 조이 카울리 그림 제니퍼 플레카스 옮김 김연수
발행인 박헌용, 윤호권 발행처 (주)시공사
주소 서울시 성동구 상원1길 22, 6-8층 (우편번호 04779)
대표전화 02-3486-6877 팩스(주문) 02-585-1247
홈페이지 www.sigongsa.com/www.sigongjunior.com

AGAPANTHUS HUM AND THE EYEGLASSES
Text copyright ⓒ 1999 Joy Cowley
Illustrations copyright ⓒ 1999 Jennifer Plecas
All rights reserved.
Korean translation copyright ⓒ 2002 by Sigongsa Co., Ltd.
This Korean edition was published by arrangement with Philomel Books,
an imprint of Penguin Putnam Books for Young Reader's, a division of
Penguin Putnam Inc., New York through KCC, Seoul.

이 책의 한국어판 저작권은 KCC를 통해
Philomel Books와 독점 계약한 (주)시공사에 있습니다. 저작권법에 의해
한국 내에서 보호받는 저작물이므로 무단 전재와 무단 복제를 금합니다.

ISBN 978-89-527-8687-6 74840
ISBN 978-89-527-5579-7 (세트)

*시공사는 시공간을 넘는 무한한 콘텐츠 세상을 만듭니다.
*시공사는 더 나은 내일을 함께 만들 여러분의 소중한 의견을 기다립니다.
*잘못 만들어진 책은 구입하신 곳에서 바꾸어 드립니다.

KC마크는 이 제품이 공통안전기준에 적합하였음을 의미합니다.
제조국 : 대한민국 사용 연령 : 8세 이상
책장에 손이 베이지 않게, 모서리에 다치지 않게 주의하세요.

안경 끼고 랄랄라

조이 카울리 글 · 제니퍼 플레카스 그림 · 김연수 옮김

시공주니어

안경 끼고
랄랄라

1

아가판투스 랄랄라에게는 노래가 참 많아요.
뛰어다니거나 몸을 빙빙 돌릴 때 부르는 노래,
바람을 맞으며 춤출 때 부르는 노래,
부글부글 치약 거품을 내면서 부르는 노래와
꿀꺽꿀꺽 주스를 마시면서 부르는 노래가 있어요.

엄마가 말했어요.
"아가판투스, 너는 꼭 노래 상자 같구나."

그건 정말이었어요. 아침에 잠에서 깨어나는
순간부터 아가판투스에게서 노래가 흘러나와요.
붕붕붕 머릿속에서 맴돌다가 콧구멍을 통해 노래가
울려 퍼져요.

　아빠는 아가판투스를 랄랄라라고 불렀어요.
아가판투스는 정말 풀피리처럼 랄랄라 윙윙윙
소리를 내는 아이였으니까요.

　어느 날 아빠가 말했습니다.
　"천천히 다녀도 돼, 애야. 그렇게 뛰었다가는……
알지?"
　다칠지도 모른다고, 이렇게 자상하게 말해 주는
거죠.

엄마가 말했어요.

"안경을 낀 사람들은 특별히 조심해야 한단다,
아가판투스."

아빠가 말했어요.

"안경 만드는 사람들이 이 세상 모든 랄랄라
윙윙윙 뛰어다니는 사람들에게 조금만 더
자상했으면 괜찮을 텐데."

아가판투스 랄랄라가 말했어요.

"아빠와 엄마처럼 자상했으면."

아가판투스는
부모님께 달려가 있는
힘껏 꽉 껴안았어요. 그
바람에 안경이 떨어져
한쪽 귀에 걸리고
말았어요.

"아이고." 아가판투스가 말했어요.

엄마가 안경을 잡았어요.
엄마는 화장지 한 장으로 안경알에 묻은 치약과
땅콩버터 얼룩을 닦았어요.

11

"이제 정말로 조심할게요."
아가판투스 랄랄라가 말했어요.
"빙빙 돌지도 않을게요. 윙윙 소리내면서
달리지도 않을게요. 안경도 떨어뜨리지 않을게요."

엄마는 웃음을 터뜨리더니 아가판투스에게
뽀뽀를 했어요.
"아가판투스 랄랄라야, 우린 너를 사랑한단다."

2

　깨끗하게 닦은 안경으로 보니 뜰의 풍경이
바이올린으로 연주하는 노래처럼 생생했어요.
아가판투스는 몸을 빙빙 돌렸지만, 그저 잠깐이었어요.
　아가판투스는 장미꽃에 대고 랄랄라 나비 노래를
불렀어요.

   아가판투스는 떡갈나무 주위를 윙윙윙
돌았지만, 심하지는 않았어요. 아가판투스는 아기
머리칼처럼 보드라운 풀밭에 손을 짚었어요.
아가판투스는 그만 깜빡하고는 뒤집어진 세상은
또 어떤지 보려고 두 발을 차 물구나무서기를
했습니다.

아가판투스가 소리쳤어요.

"두 손으로 섰어요. 엄마! 아빠! 저 좀 보세요."

부모님이 집에서 뛰어나왔어요.

아빠는 "잠깐만!" 할 때의 목소리로 말했어요.

"아가판투스야!"

하지만 아가판투스는 듣지 않았어요.

아가판투스는 허공에서 발을 구르며 소리쳤어요.

"저 좀 보세요!"

아가판투스는 흔들흔들 비틀비틀하더니 끙끙
댔어요.

아가판투스의 안경이 코에서 미끄러지더니
풀밭으로 곧장 떨어졌어요.

"아이고."

아가판투스는 안경 위로 넘어지면서 소리쳤어요.

아가판투스의 랄랄라 소리가 생일 케이크 촛불처럼
훅 꺼졌어요. 아가판투스가 부르던 노래도 딱
멈췄어요. 아가판투스는 더듬더듬 안경을 찾았어요.

그런데 손에 재미있는 게 느껴졌어요.

안경을 깔고 앉은 거예요! 아빠와 엄마가 풀밭을
가로질러 달려왔습니다.

부모님이 말했어요.

"다친 데는 없니, 애야?"

아가판투스는 한 마디도 말할 수 없었어요.

아빠가 안경을 집었어요.

"다 망가진 건 아니네. 아가판투스 랄랄라, 우리가
고칠 수 있겠는걸."

3

엄마가 말했어요.

"마침 화장지를 새로 샀단다. 마음껏 울어도
괜찮아."

하지만 아가판투스는 울고 싶지 않았어요. 안경을
고칠 수 있다잖아요! 아가판투스의 머릿속에서
노래가 떠오르더니 흘러나왔어요.

물건을 고칠 때 부를 만한 부지런한 노래였어요.

19

엄마는 뜨거운 물을 가득
채운 싱크대에
안경을 넣었어요.
그리고 원래 모양대로
안경테를 구부렸어요.

아빠는 작은 드라이버와 순무 씨앗만한 나사를
가져왔어요.
그리고 안경다리를 다시 붙였어요.

아빠가 말했습니다.
"새 것보다는 못할 거야. 하지만 문제는 없어."

아가판투스는 안경을 쓰고 말했습니다.
"다음부터는 정말, 정말, 정말,
정말, 정말, 정말
조심할게요."
엄마가 말했어요.

"아가판투스, 너 정말 물구나무 잘 서더라. 꼭
곡예사 같았어."
"곡예사라고요!"
아가판투스 랄랄라가 소리쳤습니다.
"진짜예요? 정말이에요?"

아빠가 말했어요.
"진짜 정말로 곡예사 같았어."

4

아가판투스는 갈색 종이 가방을 가져왔어요.
아가판투스는 앞을 볼 수 있게
종이 가방에 구멍 두 개를 뚫었어요.
아가판투스는 그 종이 가방을
머리에 뒤집어썼어요.

아가판투스는 재미난 노래를 흥얼거리며 밖으로
나갔어요. 노래가 흘러나올 때마다 종이 가방이
들썩거렸고, 아가판투스의 코가 간지러웠어요.
구멍으로는 바깥이 잘 보이지 않았어요.

하지만 풀밭은 볼 수 있었어요.

이제 아가판투스가 물구나무를 설 때 안경이
떨어지더라도 종이 가방
안으로 떨어질 거예요.
그럼 부서지지 않을
거예요.

아가판투스는 두 손으로 풀밭을 짚었어요.

아가판투스는 공중으로 두 발을 찼어요. 안경은
코에 그대로 붙어 있었는데 종이 가방이 떨어졌어요.

"이런, 이런!" 아가판투스 랄랄라가 말했습니다.

엄마가 집밖으로 나왔어요.
"아가판투스야, 이거 좀
이상하지 않니? 안경을 낀
곡예사는 한 번도 본 적이
없는 것 같아. 안경 끼는
곡예사들은 자기 안경을
어떻게 하는 걸까?"

"모르겠어요." 아가판투스가 노래하듯 말했어요.

엄마가 말했어요.
"엄마 생각에는 자기네 엄마 주머니에 안경을
넣어 둘 것 같은데. 그래야 구르기도 하고
공중제비도 넘을 테니까 말이야."

아가판투스는 안경을 벗어서 엄마 주머니에
넣으면서 말했어요.
"저도 그렇게 할게요."

오후 내내 아가판투스는 거꾸로 된 노래를 부르는
아름다운 곡예사였어요. 두 손으로 네 걸음이나
움직일 수 있게 된 뒤에야 아가판투스는 다시
안경을 썼답니다.

5

아빠와 엄마가 말했어요.

"마을에 곡예단이 왔단다."

아가판투스가 보러 가고 싶어할까요?

아가판투스는 얼마나 기뻤던지 뭐라고 말하려고
입을 열었는데 그만 랄랄라 노래가 나왔어요.

엄마는 아가판투스가 제일 예쁜 하얀 원피스를
입는 것을 도와 주었어요.
아가판투스는 엄마가 곡예 공연을 보러 갈 준비를
하는 것을 도와 주었어요.

아가판투스는 엄마의 서랍에 들어 있는 파란 구슬
목걸이를 봤어요.
하지만 서랍이 어찌나 꽉 닫혀 있던지
아가판투스가 구슬을 잡아당기자 줄이 뚝
끊어졌어요.

구슬들이 파란 우박처럼 여기저기 흩어졌어요.

"정말 다행이다!"

엄마가 말했어요.

"공연장에서 끊어졌으면 그 구슬을 다 어떻게
찾았겠니."

아가판투스가 엄마에게 말했어요.

"제 목걸이를 빌려 드릴게요. 광대 인형이 달려
있어요. 진짜 곡예사 목걸이예요."

엄마가 말했어요.

"어머, 고맙다,

아가판투스 랄랄라야.

친절하기도 하지."

6

곡예 공연장은 천막 안이었어요. 공연이
시작되기를 기다리는 동안, 아빠는 아가판투스
랄랄라에게 주려고 딸기 아이스크림을 들고 왔어요.

아가판투스는 거꾸로 된 곡예사 노래를 랄랄라
불렀어요. 아이스크림이 팔을 따라 흐른다는 것도
아가판투스는 몰랐어요.

아가판투스 랄랄라는 팔에 묻은 아이스크림을
핥아 내려고 했어요.
하지만 아무리 혀를 내밀어도 팔꿈치 너머까지는
핥을 수 없었어요.
아가판투스가 팔을 내렸더니 팔꿈치의
아이스크림이 원피스에도 묻었어요.

큰 음악 소리가 천막을 가득 메웠어요. 사람들이
손뼉을 치기 시작했어요. 빨간색, 은색 옷을 차려
입은 곡예사들이 빙빙 돌면서 나왔어요. 곡예사들은
앞으로 풀쩍 뛰더니 손을 짚고 거꾸로 걸었어요.
공중에서 몸을 말았어요. 손을 짚으며 옆으로 빙빙
돌았어요. 서로의 어깨 위에 올라가서 섰어요.
　그리고 시소 위에서 껑충 뛰어내렸어요.

아가판투스는 아이스크림이 있다는 것도
잊어버렸어요.
아가판투스는 노래하는 것도 잊어버렸어요.
아가판투스는 유명한 곡예사가 됐어요.
아가판투스의 팔은 곡예사의 팔이었고,
아가판투스의 다리는 곡예사의 다리였어요.
아가판투스의 팔다리는 곡예가 하고 싶어서
윙윙윙 소리를 냈어요.

사람들은 외쳐요.
"오오오오오오오오오오오!"

하얀 타이츠를 입은 예쁜 언니가 한 그네에서 다른
그네로 훌쩍
뛰어올랐어요.
언니는 손을
흔들었어요.

아가판투스 랄랄라가 아빠에게 말했어요.
"나도 저거 할 거예요. 저 언니하고 똑같이 할
거예요."

아빠는 웃음을 지으며 말했어요.
"그 지저분한 아이스크림은 아빠 줄래?"

7

공연이 끝난 뒤, 엄마와 아빠는 아가판투스 몸에
묻은 아이스크림을 닦아 주려고 물을 찾았어요.
볼과 코에도 묻었고, 팔다리에도 묻었고, 예쁜 하얀
원피스에도 묻었거든요.

아무리 찾아봐도 물은 없었어요.

천막 뒤에는 이동 주택이 몇 개 있었어요.
하얀 가운을 입은 언니가 의자에 앉아 책을 읽고
있었어요. 언니는 안경을 끼고 있었어요. 약간
비뚤어진 안경인데 아가판투스 랄랄라의 안경과 아주
비슷했어요.

엄마가 말했어요.

"실례합니다만, 물 좀 얻을 수 있을까요?"

"물론이에요." 언니가 말했어요.

언니는 일어나 이동 주택 안으로 들어갔어요.

언니가 가운 밑에 입고 있던 게 뭔지 아세요?

하얀색 타이츠였어요!

"그 언니야! 그 언니야! 그네를 타던 그 예쁜
언니야."

아가판투스가 빙빙 돌면서 소리쳤어요.

언니는 물 묻힌 천과 보송보송한 수건을 들고
나왔어요.

언니는 아가판투스의 몸에 묻은 끈적끈적한
아이스크림을 닦았어요.
볼과 코에 묻은 아이스크림도,

손과 팔에 묻은 아이스크림도,

하얀 원피스에
묻은 아이스크림도.

예쁜 언니가 말했어요.

"옛날에는 아이스크림 콘을 이렇게 만들지 않았는데."

머릿속이 얼마나 윙윙윙 울리던지 아가판투스는
잠시도 가만히 있을 수 없었어요. 아가판투스는 하얀
타이츠를 입은 언니에게 말했어요.

"언니, 흔들흔들 그네를 탈 때는 안경을 어디다
두나요?"

언니는 엄마와 아빠를 바라봤어요.

엄마가 말했어요.
"우린 곡예사는 안경을 자기 엄마에게 맡겨 둘
거라고 생각하는데요."

예쁜 언니가 웃음을 터뜨렸어요.
"어머, 어떻게 그걸 아셨어요? 제일 가는
곡예사들은 모두 그렇게 한답니다."

"알았다, 알았다!"
아가판투스가 소리쳤어요.
그러다가 그만 자기도 모르게 아가판투스는 두
손으로 땅을 짚고 섰어요.

아이고!

하지만 괜찮았어요.

왜냐하면 언니가 아가판투스 랄랄라의 안경을
얼른 잡았기 때문이에요.

딱 맞춰서요.

옮긴이의 말

우리는 마음 속에 즐거운 노래를 가득 담고서 태어났답니다. 아가판투스 랄랄라처럼 말이에요. 노래를 부를 때 얼굴을 찡그리는 친구는 없죠. 노래를 부를 때 우는 친구는 없죠. 모두들 웃으면서 즐겁게 부르죠. 그래서 우리가 노래를 부를 때면 다른 사람들도 모두 웃으면서 즐거운 표정을 짓죠. 늘 노래를 부를 줄 아는 사람 중에 나쁜 사람은 없답니다. 이젠 아가판투스 랄랄라가 왜 그렇게 즐거운 표정인지 알 수 있겠죠?

화가 나면 잠시 하던 일을 멈추고 숨을 깊게 들이마셔 보세요. 힘든 일이 생기면 잠시 눈을 크게 뜨고 하늘을 한 번 쳐다보세요. 화도, 힘든 일도 금방 지나간답니다. 그 다음에는 노래가 흘러나올 거예요. 우린 원래 마음 속에 즐거운 노래를 가득 담고서 태어났으니까요. 그 다음에 다시 힘든 일에 도전해 보세요. 그리고 나서 다시 화나게 만든 일을 생각해 보세요. 그 무엇도 우리를 괴롭힐 수는 없답니다.

안경을 끼면 물구나무를 설 수 없다고요? 여자 아이는 달리기를 잘 못한다고요? 남자 아이는 부엌일을 하면 안 된다고요? 이 세상에는 할 수 없는 일은 없어요. 처음에는 할 수 없더라도 마음만 있으면 두 번째나 세 번째에는 반드시 할 수 있어요. 이 세상에는 안경을 낀 곡예사 언니도 있고, 마라톤을 하는 시각장애인 친구도 있답니다. 잊지 마세요. 그 무엇도 우리를 가로막을 수는 없다는 걸.

김연수

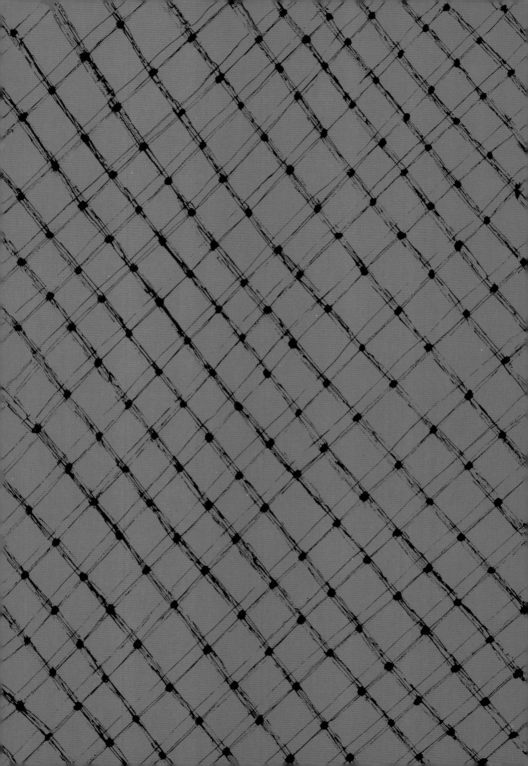